Analyse de l'œuvre

Par Sandrine Guihéneuf
et Alexandre Randal

Un cœur simple

de Gustave Flaubert

Rendez-vous sur lepetitlitteraire.fr et découvrez :

Plus de 1200 analyses
Claires et synthétiques
Téléchargeables en 30 secondes
À imprimer chez soi

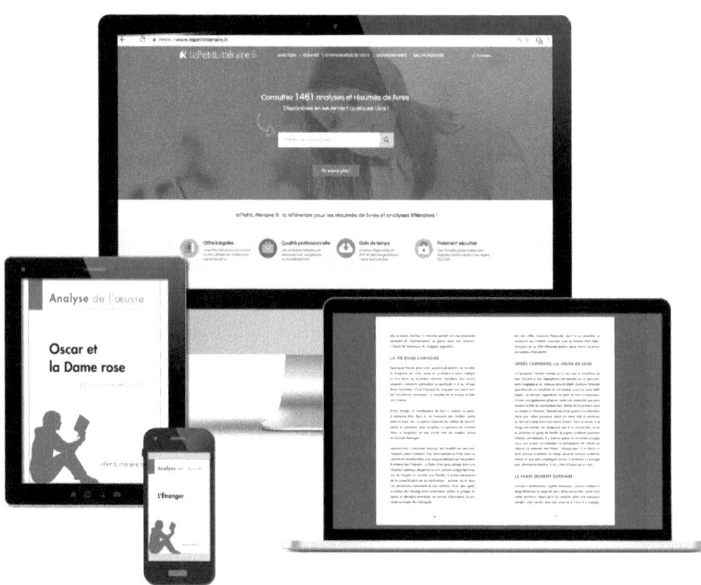

GUSTAVE FLAUBERT

ÉCRIVAIN FRANÇAIS

- **Né en 1821 à Rouen**
- **Décédé en 1880 près de Rouen**
- **Quelques-unes de ses œuvres :**
  - *Salammbô* (1862), roman
  - *L'Éducation sentimentale* (1869), roman
  - *Bouvard et Pécuchet* (1881), roman inachevé

Gustave Flaubert est né en 1821 à Rouen. Passionné d'écriture, il découvre très jeune sa vocation littéraire. En 1841, il part à Paris afin d'entamer des études de droit, qu'il délaisse rapidement. L'auteur s'installe alors à Croisset, en bord de Seine, et fréquente les sociétés littéraires de l'époque. Il se lie entre autres avec George Sand (1804-1876), Ivan Tourgueniev (1818-1883), Charles Baudelaire (1821-1867) et Guy de Maupassant (1850-1893), pour qui il sera un modèle.

Perfectionniste maladif, il défend une littérature réflexive et rêve d'écrire « un livre sur rien ». Son œuvre, qui se distingue également par la profondeur de l'étude psychologique des personnages, est annonciatrice des nombreuses évolutions que connaitra le roman au xxe siècle. Flaubert meurt en 1880, laissant derrière lui plusieurs romans inachevés et une abondante correspondance.

UN CŒUR SIMPLE

UNE HISTOIRE EMPREINTE DE MYSTICISME

- **Genre :** conte
- **Édition de référence :** *Un cœur simple*, in *Trois Contes*, Paris, Le Livre de Poche, 1983, 191 p.
- **1ʳᵉ édition :** 1877
- **Thématiques :** dévouement, affection, mort, religion

Un cœur simple est une nouvelle écrite par Flaubert qui s'inscrit dans un triptyque intitulé *Trois contes*. Ce recueil réunit le récit étudié, *La Légende de saint Julien l'Hospitalier* et *Hérodias*. Il parait pour la première fois en 1877, mais chacun des contes est d'abord publié de manière individuelle dans la revue *Le Moniteur universel*.

Un cœur simple raconte l'histoire de Félicité, une jeune paysanne sans instruction qui entre au service d'une veuve de la bourgeoisie de Pont-l'Évêque, Mᵐᵉ Aubain. Elle se dévoue complètement à cette famille et s'attache plus particulièrement aux deux enfants, Paul et Virginie. La brave fille a toutes les qualités d'une bonne domestique. Le temps passe et elle perd successivement tous ceux qu'elle aime. Elle finit sa vie seule, dans une chambre insalubre, et meurt le jour de la Fête-Dieu, heureuse de retrouver au paradis son perroquet qu'elle assimile au Saint-Esprit.

RÉSUMÉ

CHAPITRE I

Félicité, une servante de 50 ans, est au service de Mme Aubain, une bourgeoise de Pont-l'Évêque, veuve et mère de deux enfants. Son quotidien est routinier. Elle est un modèle de propreté et d'organisation malgré le luxe perdu de la demeure.

CHAPITRE II

Retour sur le passé de Félicité.

À la mort de ses parents, Félicité est placée comme fille de ferme dans la campagne normande. Un soir de bal, elle fait la rencontre de Théodore qui la demande en mariage. Mais finalement, afin d'éviter l'armée, ce dernier préfère épouser une riche veuve qui est prête à payer un autre homme pour le remplacer au service militaire. Trahie, Félicité quitte la ferme et part pour Pont-l'Évêque à la recherche d'une place de bonne. Ainsi, à 18 ans, elle entre au service de la famille Aubain et s'occupe des enfants qu'elle adore : Paul et Virginie.

Lors d'une promenade, un taureau en colère manque de tuer Mme Aubain, ses enfants et Félicité. Cette dernière empêche le drame grâce à sa présence d'esprit. Suite à cet accident, Virginie souffre d'une affection nerveuse. Le médecin préconise de l'envoyer à Trouville, où la jeune fille se sent moins faible. La famille l'accompagne.

C'est là que Félicité retrouve par hasard sa sœur, Nastasie Barette, et son neveu, Victor. La jeune femme se prend d'affection pour eux alors qu'ils n'hésitent pourtant pas à profiter de sa bonté. Mme Aubain, ne supportant plus le tutoiement de Victor envers Paul, décide de rentrer à Pont-l'Évêque. Paul, de son côté, part au collège de Caen pour parfaire son éducation.

CHAPITRE III

Virginie commence son catéchisme à Pont-l'Évêque, accompagnée de Félicité qui apprend ainsi les bases de la religion catholique. Celle-ci s'identifie à la jeune fille quand elle fait sa première communion, mais, si la foi la touche, elle a du mal à accepter le caractère dogmatique de l'Église.

Virginie est ensuite envoyée chez les sœurs pour faire son éducation. Félicité, privée des deux enfants, trouve désormais une chaleur affective en Victor qui prend le temps de lui rendre visite, sans arrière-pensées.

Les années passent et Victor s'engage comme marin, au grand désarroi de Félicité qui ne cesse de s'inquiéter pour lui. Un jour, elle reçoit la triste nouvelle de sa mort à Cuba suite à la fièvre jaune qu'il a contractée. Elle sombre dans la tristesse.

Quelques mois plus tard Mme Aubain reçoit de mauvaises nouvelles à propos de la santé de Virginie. Peu de temps après, cette dernière est emportée par une fluxion de poitrine. Sa mère sombre alors dans le désespoir. Félicité sermonne gentiment sa maitresse, en lui disant de prendre soin d'elle pour son fils.

Le nouveau sous-préfet nommé à Pont-l'Évêque rend visite à Mme Aubain. Ils commencent à se fréquenter et deviennent amis. Comme il a vécu dans les iles, il possède un domestique noir et un perroquet. L'oiseau fascine Félicité car il vient des Amériques, lui évoquant ainsi le souvenir de son neveu. Lorsque le sous-préfet se voit muté, il laisse en guise d'adieu l'animal à Mme Aubain.

CHAPITRE IV

Mme Aubain, qui n'accorde aucune importance au perroquet, le donne à Félicité. La servante montre un véritable attachement à cet animal, qu'elle surnomme Loulou, et essaie de lui apprendre quelques mots comme, par exemple, « Je vous salue Marie ».

Ce dernier s'enfuit, puis revient, mais Félicité, partie à sa recherche, prend froid et attrape une otite qui finit par la rendre sourde. Elle s'enferme alors de plus en plus dans son monde intérieur, entendant seulement le bruit de l'oiseau.

Malgré toute son affection, l'animal finit par mourir d'une congestion. Sur les conseils de Mme Aubain, Félicité le fait empailler et le place dans sa chambre. La vie de la servante n'est plus rythmée que par les repas de sa patronne et les messes à l'église où, émerveillée par les vitraux du Saint-Esprit, elle ne peut s'empêcher de faire l'association avec son animal empaillé.

Mme Aubain, prise d'une douleur dans la poitrine, meurt

à son tour, et la maison est mise en vente. La demeure ne trouvant pas d'acquéreur, Félicité peut y rester, mais, craignant un revirement de Paul et de son épouse, qui ne vivent pourtant pas dans la maison, elle ne réclame rien pour la maintenir en état.

Plus le temps passe et plus elle croit voir la manifestation du Saint-Esprit dans le perroquet.

CHAPITRE V

Le toit se dégrade et Félicité, dont la chambre prend l'eau, attrape une pneumonie. À l'occasion de la Fête-Dieu, vieille et malade, après un dernier baiser d'adieu au perroquet empaillé, elle offre celui-ci au curé, pour qu'il soit déposé sur l'autel dressé à proximité de la maison. La procession passe, s'arrête au reposoir où trône Loulou et un dernier nuage d'encens parvient dans la chambre délabrée de Félicité. Sur son lit de mort, elle voit un immense perroquet l'emporter au ciel. Elle décède durant la procession

ÉTUDE DES PERSONNAGES

FÉLICITÉ

Dans une lettre à Mlle Leroyer de Chantepie, Flaubert écrivait ceci à propos de son héroïne : « L'idée première que j'avais eue était d'en faire une vierge, vivant au milieu de la province, vieillissant dans le chagrin, et arrivant ainsi aux derniers états du mysticisme et de la passion rêvée. » (Lettre à Mlle Leroyer de Chantepie, lundi 30 mars 1857)

Née à la fin du XVIIIe siècle, Félicité a d'abord connu la misère et l'abandon : « Son père, un maçon, s'était tué en tombant d'un échafaudage. Puis sa mère mourut, ses sœurs se dispersèrent. » (p. 30) Après le décès de ses parents, elle devient employée de ferme, mais, suite à un chagrin d'amour, elle est désespérée. C'est dans la nature que son désespoir s'exprime, le paysage étant ainsi lié aux états d'âme du personnage.

Elle est dévouée et aimante, de nature simple et humble. Elle est très peu décrite physiquement, mais elle présente des traits propres aux ascètes, notamment un « visage maigre, sans voix » (p. 5), ce qui semble annonciateur de sa conduite. En ce qui concerne son âge, Flaubert reste assez vague : « Dès la cinquantaine, elle ne marqua plus aucun âge. » (p. 5) Ce sont ses qualités de cœur qui en font un être exceptionnel. La description la plus importante qui en est donnée est en lien avec son caractère : elle se définit ainsi par sa manière d'être. Elle travaille sans interruption, fait preuve d'une grande propreté et est une servante très enviée. Félicité porte une dévotion extrême à sa maitresse et se donne l'obligation d'être droite et exemplaire.

Elle apparait dès le début dans l'ombre de sa maitresse. Alors qu'elle est le personnage principal, elle apparait effacée dès le premier chapitre.

Caractérisée par une grande naïveté, Félicité n'apparait au lecteur que par l'intermédiaire de son prénom, ce qui prouve qu'elle est réduite à son rôle de servante. Ce prénom lui-même est également significatif, puisqu'il renvoie au bonheur, voire à la béatitude, terme qui prend pleinement son sens dans ce conte, dans la mesure où la béatitude n'est autre qu'un « bonheur parfait promis aux élus après leur mort ». À travers son extrême ferveur religieuse, c'est cet état particulier de félicité que la servante tente d'atteindre, comme nous le prouve l'épisode de sa mort. D'ailleurs, son agonie est présentée par Flaubert comme un apaisement, une délivrance.

Femme d'une grande bonté, elle voit mourir tous ceux qu'elle aime. Ainsi, toute l'existence de Félicité est marquée par la tristesse : « Flaubert nous décrit un personnage sombre, monotone, qui ne sourit jamais et dont la vie ressemble à un long chemin dépourvu de tous les plaisirs. Contrairement à cette vie beaucoup trop austère, sa mort représentera le passage vers une existence meilleure. » (*La double fonction du portrait de Félicité dans* Un cœur simple, 1992, p. 17-21).

Elle évolue de plus en plus vers une figure mystique, comblant son besoin d'affection par la ferveur religieuse, sans être capable d'avoir du recul sur sa foi. C'est sur une dernière prière qu'elle s'en va, alors que la ville entière est en procession religieuse.

MME AUBAIN

Veuve et mère de deux enfants, Paul et Virginie, Mme Aubain est la maitresse de Félicité. « Femme bourgeoise, ignorante, cynique, égoïste, elle ne possède qu'une échelle de valeurs : l'argent et ses dérives. » (*Temps et récit dans* Un cœur simple. *Introduction à une lecture mythique*, 1993) Elle n'est « pas une personne agréable » (p. 1). D'ailleurs, lors de son décès, « peu d'amis la regrettèrent » (p. 48).

Les apparences et les manières d'être lui sont très chères. Ainsi, elle n'aime pas les familiarités du neveu de Félicité, Victor, qui tutoie Paul, et décide de repartir immédiatement à Pont-l'Evêque.

Mme Aubain, voulant faire de sa fille « une personne accomplie » (p. 23), l'envoie en pension chez les Ursulines d'Honfleur. À partir de ce moment, elle apparait plus humaine car elle souffre de l'absence de sa fille : « La privation de sa fille lui fut très douloureuse. » (p. 23) Lors du décès de Virginie, elle est désespérée : « Le désespoir de Mme Aubain fut illimité. » (p. 34) Cependant, par la suite, elle se montre plus humaine envers sa servante, voire plus tendre : « La maîtresse ouvrit ses bras, la servante s'y jeta et elles s'étreignirent. » (p. 37) Ainsi, lors des moments difficiles, l'humanité de Mme Aubain éclate au grand jour.

LOULOU

« Il s'appelait Loulou. Son corps était vert, le bout de ses ailes rose, son front bleu, et sa gorge dorée. » (p. 66) Ainsi débute la présentation de Loulou, le perroquet dont Mme Aubain a fait cadeau à sa fidèle servante, Félicité.

Pour cette dernière, le jour où Loulou lui est confié est un grand jour. C'est dire l'importance qu'a l'animal dans la vie de Félicité. Alors, elle « entreprit de l'instruire ; bientôt il répéta : "Charmant garçon ! Serviteur, monsieur ! Je vous salue, Marie !" » (p. 66). Le perroquet devient un personnage à part entière, une véritable figure divine que Félicité chérit et fait finalement empailler lorsqu'il meurt.

CLÉS DE LECTURE

SCHÉMA NARRATIF

Situation initiale : c'est le début de l'histoire, le moment où on plante le décor et où on présente les personnages ; la situation est équilibrée, c'est-à-dire qu'elle n'a aucune raison d'évoluer.

- Félicité est une jeune paysanne sans instruction qui entre au service d'une veuve de la bourgeoisie de Pont-l'Évêque, Mme Aubain. Elle se prend d'affection pour les deux enfants de celle-ci, Paul et Virginie.

Élément perturbateur : c'est un évènement qui vient perturber la situation initiale et qui va déclencher l'action proprement dite.

- Virginie commence le catéchisme et Félicité l'y amène.

Péripéties : ce sont les évènements provoqués par l'élément perturbateur et qui entrainent la ou les actions entreprises par le héros pour résoudre le problème.

- Épisode du taureau ; départ de Paul à Caen ; départ de Virginie chez les sœurs ; décès de Virginie et de Victor ; le sous-préfet donne, en cadeau d'adieu, un perroquet à Mme Aubain ; don de l'oiseau par Mme Aubain à Félicité ; décès de Mme Aubain ; mort du perroquet.

Dénouement : il met un terme aux péripéties et conduit à la situation finale.

- Félicité fait empailler le perroquet, le sacralisant. L'oiseau trône dans sa chambre, aux côtés d'autres images pieuses. La servante va jusqu'à acheter l'image d'Épinal d'un Saint-Esprit prenant la forme d'une colombe aux ailes déployées. Loulou devint ainsi *stricto sensu* un animal totémique : les deux images de Loulou et du Saint-Esprit « s'associèrent dans sa pensée, le perroquet se trouvant sanctifié par ce rapport avec le Saint-Esprit, qui devenait plus vivant à ses yeux et intelligible » (p. 46).

Situation finale : c'est la fin de l'histoire. La situation est à nouveau stable, comme la situation initiale, mais elle a subi des transformations.

- Décès de Félicité, le jour de la Fête-Dieu. Au paradis, elle retrouve son perroquet qu'elle assimile au Saint-Esprit.

SCHÉMA ACTANCIEL

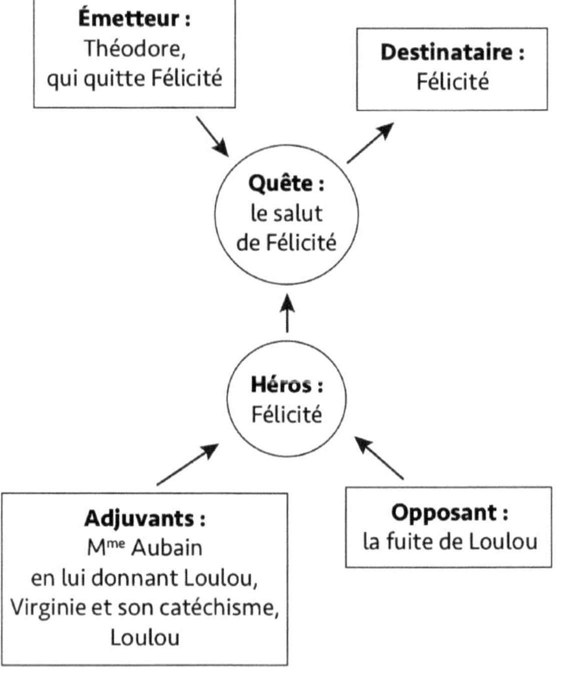

ENTRE CONTE ET NOUVELLE

Un cœur simple est un conte qui s'inscrit dans un triptyque, le recueil intitulé *Trois contes* de Flaubert, qui comprend, outre notre récit, *La Légende de saint Julien l'Hospitalier* et *Hérodias.* Ce n'est pas un hasard si l'auteur a choisi de les réunir sous l'appellation de « contes », et non pas de « nouvelles », comme c'était alors l'habitude à l'époque pour désigner tous les récits brefs. Flaubert, et les auteurs du XIXe siècle en général, cherchent en effet à s'éloigner de cette « appellation commerciale » et ainsi à rompre avec quatre siècles de tradition.

Un cœur simple s'apparente davantage à un conte par sa fin aux accents surnaturels et par sa visée morale, des caractéristiques moins présentes dans la nouvelle, qui relate généralement une histoire réaliste. L'association finale de la réalité et du merveilleux laisse planer une certaine ambigüité sur le personnage de Félicité, tout en conférant un sens au récit : c'est dans la religion que le personnage a trouvé la paix et l'acceptation de la vie.

Pourtant, certains aspects d'*Un cœur simple* rapprochent également la narration du genre de la nouvelle réaliste. En effet, ce dernier tend à représenter le réel sous toutes ses coutures et place au premier plan des classes sociales auparavant négligées dans la littérature. Ainsi, c'est Félicité, une humble servante, et non Mme Aubain, sa riche maitresse, qui se retrouve projetée au centre de l'histoire.

Le début du récit se fait *in media res*, comme s'il s'insérait dans un réel préexistant. Délégué à un narrateur digne de foi dont le savoir et l'expérience sont gages de sérieux, le récit acquiert profondeur et authenticité. Toute trace de jugement est effacée au profit d'une « exacte incertitude » (« Le Conteur dans *Un cœur simple* », in *Littérature*, 2002). La narration en retrait est l'apanage du roman.

ENTRE RÉALISME ET FANTASTIQUE

Le terme « réalisme » vient du mot latin *realis* qui signifie « réel ». Il s'agit d'un mouvement artistique, essentiellement littéraire et pictural, se caractérisant par une recherche d'objectivité dans la description et visant de la sorte à représenter le monde et les hommes tels qu'ils sont réellement, sans la déformation causée par la perception et le travail de l'auteur. Le but de ce courant est de proposer une peinture du réel, par exemple des mœurs de la société, sans verser dans une quelconque idéalisation.

Ce mouvement s'est développé dans la seconde moitié du XIXe siècle (vers 1850-1890), en réaction au romantisme sentimental qui privilégie le registre pathétique et le lyrisme des grands sentiments. Stendhal (1783-1842) définit le roman réaliste comme « un miroir qui se promène sur une grand-route » (*Le Rouge et le Noir*, livre second, chapitre XIX). Les auteurs de ce courant, inspirés par les méthodes scientifiques, se concentrent donc sur la description objective des faits et des personnages, visant à atteindre l'imitation la plus proche possible de la réalité. Ils tendent à aboutir à la même fidélité que la photographie, qui en est encore à ses balbutiements.

C'est au lendemain de la révolution de 1848, dans une société en pleine mutation – industrialisation de la société et émergence du prolétariat –, que se produit un changement notable dans les thèmes abordés par les écrivains. Ceux-ci commencent à s'intéresser aux « petites gens » qui vont devenir une de leurs sources d'inspiration. Souhaitant désormais mettre en lumière la dure réalité de l'existence de ces démunis, les frères Goncourt (Edmond, 1822-1896 ; Jules, 1830-1870) écrivent, dans la préface de *Germinie Lacerteux* :

> « Vivant au dix-neuvième siècle [...], nous nous sommes demandé si ce qu'on appelle "les basses classes" n'avait pas droit au roman ; si ce monde sous un monde, le peuple, devait rester sous le coup de l'interdit littéraire et des dédains d'auteurs qui ont fait jusqu'ici le silence sur l'âme et le cœur qu'il peut avoir. »

Dans *Un cœur simple*, Flaubert a choisi d'intégrer la figure populaire avec Félicité, son personnage principal, une paysanne devenue servante. Le destin s'acharnant contre elle, Félicité est contrainte, après la mort de ses parents, de travailler alors qu'elle n'est encore qu'une enfant :

> « [...] un fermier la recueillit, et l'employa toute petite à garder les vaches dans la campagne. Elle grelotait sous des haillons, buvait à plat ventre l'eau des mares, à propos de rien était battue, et finalement fut chassée pour un vol de trente sols, qu'elle n'avait pas commis. » (p. 12)

Le destin de Félicité est donc joué : elle se retrouve très tôt livrée à elle-même, sans accès à l'éducation, ce qui la place d'emblée dans une position de désavantage par rapport aux classes sociales supérieures à la sienne. L'auteur montre par là que le manque d'instruction est inhérent aux gens du peuple, ce qui les empêche de s'extraire de leur milieu social initial.

Même si Balzac (1799-1850) est considéré comme l'inventeur du roman réaliste, il n'y a jamais réellement eu d'école réaliste regroupant sous la même bannière les écrivains traitant dans leurs œuvres de thématiques semblables.

Malgré tout, derrière ce désir de représenter la condition réelle de Félicité, Flaubert a également placé dans son conte une once de fantastique. En effet, dans le dernier paragraphe, Félicité meurt et voit « un perroquet gigantesque, planant au-dessus de sa tête » (p. 36). Selon le professeur de littérature Marshall Olds, deux lectures sont proposées pour cette vision. Dans la première, « certains lecteurs [...] lisent une amère négation de la bonté de sa vie, traduite et trahie par son mouvement vers Dieu. Une illusion hallucinatoire [...] dans la tête d'une pauvre vieille agonisante, qui annule toute tentative de production d'une vérité ». (« Réalisme et cliché dans *Un cœur simple* » in *Le vif du sujet : texte, lecture, interprétation* », p. 294). Dans la seconde lecture suggérée, d'autres théoriciens de la littérature, dont Raymonde Debray Genette, y voient « une lecture spirituelle » (« Comment faire une fin (*Un cœur simple*) », in *Métamorphoses du récit*, Paris, Seuil, 1988, p. 85-112), n'y observant pas la négation du sens mais bien son affirmation. « Cette ironie serait donc une expression indirecte de tendresse et d'affirmation », conclut le professeur de littérature.

SAINTE FÉLICITÉ

Le prénom Félicité vient du latin *felicitas* qui signifie « bonheur », « joie intérieure profonde ». Il n'a bien évidemment pas été choisi au hasard par l'auteur. Outre l'hommage qu'a voulu rendre Flaubert à Mlle Julie, une des servantes de sa mère, c'est avant tout la dimension religieuse qui apparait lors de la lecture du texte.

Félicité, dont l'existence n'a été que dévotion, abnégation et amour, a été qualifiée par les critiques de « sainte moderne ». Cette chaste paysanne ne s'est jamais mariée et vit dans la plus complète solitude morale. Le professeur de littérature Victor Brombert parle d'elle comme d'une « sorte de sainte » (« Flaubert's Saint Julien: The Sin of Existing », in *PMLA*, p. 302, juin 1966), n'hésitant pas à affirmer que « le récit compatissant de cette femme ingénue rejoint parfois l'hagiographie » (« The Novels of Flaubert », in *Comparative Literature Studies*, p. 238, 1966). La thématique de la sainteté est par ailleurs récurrente dans l'œuvre de Flaubert, et plus particulièrement encore dans le triptyque que constitue *Les Trois Contes*, car, outre le récit étudié, les deux autres nouvelles traitent respectivement de saint Julien l'Hospitalier et de saint Jean-Baptiste, deux personnages historiques ayant réellement existé.

En ce qui concerne le personnage central d'*Un cœur simple*, Flaubert fait appel une fois de plus à ses très nombreuses recherches historiques et à sa grande connaissance historiographique. Tout d'abord, Félicité est le premier prénom de femme à apparaitre dans la Bible, après celui de Marie. Il s'agit sans conteste d'une très grande marque d'importance. Par ailleurs, lors de la persécution subie par les chrétiens sous l'empereur romain Septime Sévère (146-211) au début du IIIe siècle apr. J.-C., cinq nouveaux convertis, dont deux femmes, sont condamnés à mort. Ces deux femmes sont Perpétue, issue d'une famille distinguée, et Félicité, son esclave. Tous les cinq doivent être tués par des animaux sauvages lors des jeux du 7 mars 203. Si les hommes meurent rapidement, les deux femmes, chargées par une « vache sauvage » – il est opportun de rapprocher cet épisode de la scène durant laquelle le taureau charge Mme Aubain et ses enfants –, survivent dans un premier temps, avant de finalement mourir sous le glaive des soldats romains. Après leur mort, leurs corps sont conservés dans la grande basilique de Carthage. Leurs noms sont restés dans la martyrologie romaine, étant même mentionnés dans le Canon de la messe. Flaubert connaissait sans nul doute l'histoire de ces deux saintes martyres et s'en est inspiré pour rédiger *Un cœur simple*.

Les similitudes qui peuvent être relevées entre les deux Félicité sont nombreuses : toutes deux sont servantes et sont poursuivies par un animal dangereux sans pour autant mourir ; elles sont de pieuses chrétiennes, mourant à la suite d'une vie faite d'abnégation ; toutes deux sont perçues à postériori comme des saintes. C'est pourquoi la vie de cette sainte carthaginoise constitue très certainement la source principale du personnage de Félicité dans la nouvelle de Flaubert.

PISTES DE RÉFLEXION

QUELQUES QUESTIONS POUR APPROFONDIR SA RÉFLEXION...

- Pourquoi peut-on dire que ce texte est un conte ?
- Peut-on faire le lien entre *Un cœur simple* et d'autres œuvres de Flaubert ?
- En vous basant sur des éléments du texte, expliquez le sens du titre *Un cœur simple* ?
- En quoi peut-on dire que le conte de Flaubert est réaliste ?
- Quels sont les éléments qui permettent de déterminer l'époque à laquelle se déroule le récit ?
- Pourquoi avoir choisi de faire de son personnage principal une domestique ? Était-ce courant à l'époque ?
- Analysez l'évolution des rapports entre Mme Aubain et Félicité tout au long du récit, en vous basant sur des exemples repris directement du conte.
- Que représente le perroquet pour Félicité ? Pourquoi est-il si important pour elle, selon vous ?
- Sur quels matériaux Flaubert s'est-il basé pour écrire *Un cœur simple* ?
- Quels sont les points communs et quelles sont les différences entre les *Trois contes* ?

Votre avis nous intéresse !
Laissez un commentaire sur le site de votre librairie en ligne
et partagez vos coups de cœur sur les réseaux sociaux !

POUR ALLER PLUS LOIN

ÉDITION DE RÉFÉRENCE

- FLAUBERT G., *Un cœur simple*, in *Trois Contes*, Paris, Le Livre de Poche, 1983.

ÉTUDES DE RÉFÉRENCE

- BROMBERT V., « Flaubert's Saint Julien: The Sin of Existing », in *PMLA*, p. 302, juin 1966.
- BROMBERT V., « The Novels of Flaubert », in *Comparative Literature Studies*, p. 238, 1966.
- BUENO Alonso J., *La double fonction du portrait de Félicité dans* Un cœur simple, Murcia, Universidad de Murcia, Anales de Filología Francesa, vol. 4, 1992.
- DE BIASI P-M., *Gustave Flaubert : une manière spéciale de vivre*, Paris, Le Livre de Poche, 2011
- DEBRAY GENETTE R., « Comment faire une fin (*Un cœur simple*) », in *Métamorphoses du récit*, Paris, Seuil, 1988, p. 85-112.
- DESPORTES M., *Les pratiques de la réécriture dans* Trois contes *de Gustave Flaubert*, Centre Flaubert, Université de Rouen, 2003.
- FLAUBERT G., « Lettre à Mlle Leroyer de Chantepie, lundi 30 mars 1857 », in *Frontières du conte*, Paris, Éditions CNRS, 1982, p. 115.
- OLDS M., Réalisme et cliché dans *Un cœur simple*, in *Le vif du sujet: texte, lecture, interprétation, (dir. Condé C.), Presses Universitaires de Franche-Comté, 2004.*
- RABATÉ D., « Le Conteur dans *Un cœur simple* », in

Littérature, n°127, septembre 2002.

- Terron Barbosa L., *Temps et récit dans* Un cœur simple. *Introduction à une lecture mythique*, UF, Madrid, Editorial Complutense, 1993.
- Beck W. J., « Félicité et le Taureau : Ironie dans *Un Cœur simple* de Flaubert », in *Romance Quaterly*, 37, 1990.

SUR LEPETITLITTÉRAIRE.FR

- Commentaire de texte le chapitre VIII de la troisième partie (la mort d'Emma) de *Madame Bovary* de Gustave Flaubert
- Fiche de lecture sur *Bouvard et Pécuchet* de Gustave Flaubert
- Fiche de lecture sur *L'Éducation sentimentale* de Gustave Flaubert
- Fiche de lecture sur *Madame Bovary*
- Fiche de lecture sur *Salammbô* de Gustave Flaubert
- Questionnaire de lecture sur *Madame Bovary*
- Questionnaire de lecture sur *Salammbô*

Retrouvez notre offre complète sur lePetitLittéraire.fr

- des fiches de lectures
- des commentaires littéraires
- des questionnaires de lecture
- des résumés

ANOUILH
- Antigone

AUSTEN
- Orgueil et Préjugés

BALZAC
- Eugénie Grandet
- Le Père Goriot
- Illusions perdues

BARJAVEL
- La Nuit des temps

BEAUMARCHAIS
- Le Mariage de Figaro

BECKETT
- En attendant Godot

BRETON
- Nadja

CAMUS
- La Peste
- Les Justes
- L'Étranger

CARRÈRE
- Limonov

CÉLINE
- Voyage au bout de la nuit

CERVANTÈS
- Don Quichotte de la Manche

CHATEAUBRIAND
- Mémoires d'outre-tombe

CHODERLOS DE LACLOS
- Les Liaisons dangereuses

CHRÉTIEN DE TROYES
- Yvain ou le Chevalier au lion

CHRISTIE
- Dix Petits Nègres

CLAUDEL
- La Petite Fille de Monsieur Linh
- Le Rapport de Brodeck

COELHO
- L'Alchimiste

CONAN DOYLE
- Le Chien des Baskerville

DAI SIJIE
- Balzac et la Petite Tailleuse chinoise

DE GAULLE
- Mémoires de guerre III. Le Salut. 1944-1946

DE VIGAN
- No et moi

DICKER
- La Vérité sur l'affaire Harry Quebert

DIDEROT
- Supplément au Voyage de Bougainville

DUMAS
- Les Trois Mousquetaires

ÉNARD
- Parlez-leur de batailles, de rois et d'éléphants

FERRARI
- Le Sermon sur la chute de Rome

FLAUBERT
- Madame Bovary

FRANK
- Journal d'Anne Frank

FRED VARGAS
- Pars vite et reviens tard

GARY
- La Vie devant soi

GAUDÉ
- La Mort du roi Tsongor
- Le Soleil des Scorta

GAUTIER
- La Morte amoureuse
- Le Capitaine Fracasse

GAVALDA
- 35 kilos d'espoir

GIDE
- Les Faux-Monnayeurs

GIONO
- Le Grand Troupeau
- Le Hussard sur le toit

GIRAUDOUX
- La guerre de Troie n'aura pas lieu

GOLDING
- Sa Majesté des Mouches

GRIMBERT
- Un secret

HEMINGWAY
- Le Vieil Homme et la Mer

HESSEL
- Indignez-vous !

HOMÈRE
- L'Odyssée

HUGO
- Le Dernier Jour d'un condamné
- Les Misérables
- Notre-Dame de Paris

HUXLEY
- Le Meilleur des mondes

IONESCO
- Rhinocéros
- La Cantatrice chauve

JARY
- Ubu roi

JENNI
- L'Art français de la guerre

JOFFO
- Un sac de billes

KAFKA
- La Métamorphose

KEROUAC
- Sur la route

KESSEL
- Le Lion

LARSSON
- Millenium I. Les hommes qui n'aimaient pas les femmes

LE CLÉZIO
- Mondo

LEVI
- Si c'est un homme

LEVY
- Et si c'était vrai…

MAALOUF
- Léon l'Africain

MALRAUX
- La Condition humaine

MARIVAUX
- La Double Inconstance
- Le Jeu de l'amour et du hasard

MARTINEZ
- Du domaine des murmures

MAUPASSANT
- Boule de suif
- Le Horla
- Une vie

MAURIAC
- Le Nœud de vipères

MAURIAC
- Le Sagouin

MÉRIMÉE
- Tamango
- Colomba

MERLE
- La mort est mon métier

MOLIÈRE
- Le Misanthrope
- L'Avare
- Le Bourgeois gentilhomme

MONTAIGNE
- Essais

MORPURGO
- Le Roi Arthur

MUSSET
- Lorenzaccio

MUSSO
- Que serais-je sans toi ?

NOTHOMB
- Stupeur et Tremblements

ORWELL
- La Ferme des animaux
- 1984

PAGNOL
- La Gloire de mon père

PANCOL
- Les Yeux jaunes des crocodiles

PASCAL
- Pensées

PENNAC
- Au bonheur des ogres

POE
- La Chute de la maison Usher

PROUST
- Du côté de chez Swann

QUENEAU
- Zazie dans le métro

QUIGNARD
- Tous les matins du monde

RABELAIS
- Gargantua

RACINE
- Andromaque
- Britannicus
- Phèdre

ROUSSEAU
- Confessions

ROSTAND
- Cyrano de Bergerac

ROWLING
- Harry Potter à l'école des sorciers

SAINT-EXUPÉRY
- Le Petit Prince
- Vol de nuit

SARTRE
- Huis clos
- La Nausée
- Les Mouches

SCHLINK
- Le Liseur

SCHMITT
- La Part de l'autre
- Oscar et la Dame rose

SEPULVEDA
- Le Vieux qui lisait des romans d'amour

SHAKESPEARE
- Roméo et Juliette

SIMENON
- Le Chien jaune

STEEMAN
- L'Assassin habite au 21

STEINBECK
- Des souris et des hommes

STENDHAL
- Le Rouge et le Noir

STEVENSON
- L'Île au trésor

SÜSKIND
- Le Parfum

TOLSTOÏ
- Anna Karénine

TOURNIER
- Vendredi ou la Vie sauvage

TOUSSAINT
- Fuir

UHLMAN
- L'Ami retrouvé

VERNE
- Le Tour du monde en 80 jours
- Vingt mille lieues sous les mers
- Voyage au centre de la terre

VIAN
- L'Écume des jours

VOLTAIRE
- Candide

WELLS
- La Guerre des mondes

YOURCENAR
- Mémoires d'Hadrien

ZOLA
- Au bonheur des dames
- L'Assommoir
- Germinal

ZWEIG
- Le Joueur d'échecs

www.lepetitlitteraire.fr

ISBN version numérique : 978-2-8062-8254-5
ISBN version papier : 978-2-8062-8255-2
Dépôt légal : D/2016/12603/263

Avec la collaboration d'Alexandre Randal pour les chapitres suivants : « Entre réalisme et fantastique » et « Sainte Félicité».

Conception numérique : Primento,
le partenaire numérique des éditeurs.

Ce titre a été réalisé avec le soutien de la Fédération Wallonie-Bruxelles, Service général des Lettres et du Livre.